U0584456

悦会·唐诗

安卓卡通 编

风花雪月 竹韵

陕西新华出版传媒集团

三秦出版社

图书在版编目（CIP）数据

风花雪月.竹韵 / 安卓卡通编.
—西安：三秦出版社，2015.1（2020.5重印）
（悦绘唐诗系列）
ISBN 978-7-5518-0394-6

Ⅰ.①风… Ⅱ.①安… Ⅲ.①唐诗－诗歌欣赏
Ⅳ.①I207.22

中国版本图书馆CIP数据核字（2012）第312277号

风花雪月·竹韵

责任编辑	韩星
美术设计	安卓卡通
出版发行	陕西新华出版传媒集团 三秦出版社
社　　址	西安市雁塔区曲江新区登高路1388号
电　　话	（029）81205236
邮政编码	710061
印　　刷	天津奥丰特印刷有限公司
开　　本	787mm×1092mm　1/16
印　　张	4.5
字　　数	7千字
版　　次	2015年1月第1版
	2020年5月第2次印刷
标准书号	ISBN 978-7-5518-0394-6
定　　价	19.80元

网　　址　http://www.sqcbs.cn

花季绘：妙不可言的唐诗体验

——代序言

如果抛开表达的方式，仅从感知世界这个层面来讲，艺术是相通的，所以就有了通感的存在。作为语言文字的艺术，好的诗歌同样也能突破语言、文字这些载体的束缚，给我们带来更为通透、更为丰富、更为生动的跨感官的审美享受。唐诗，在东方大地上空飘荡千年的行吟歌声就是经典的审美个案，她至今仍能给我们带来丰富的审美感受和强大的审美冲击！

唐诗，是中国的，更是世界的；是传统的，但不是固步自封的。我们不仅能感受唐诗语言文字之美、音律节拍之美，更想去分享诗人的心底境遇。每一首唐诗在我们的眼里犹如一段赏心悦目的短片。千年以来，人们对唐诗的呈现更多的是极力再现、还原诗人最初创作场景以及原始冲动，忽略读者的主观感受。翻阅演绎唐诗的各种版本也都是照搬、重现唐诗风情画面。我们对唐诗仅止于目睹诗人作诗而自己袖手旁观吗？这样，我们做这套书的意义就凸显了。

我们应该主观地体验唐诗，而不是被拘泥在一个小小的框里，"花间一壶酒"的酒非要是花雕、竹叶青之类的古酒吗？一杯茅台甚至洋酒，不可以吗？读诗非要宽袍大袖、古风十足才行吗？女人不能读李白的诗吗？洋人不能学习王维的诗吗？唐诗是不朽的，纵情奔放，若天马行空，任何禁锢它的想法都只是妄念，我们设定的读者主体是花季少女、陶冶情操、培养气质。所以，我们摒弃传统表现，即把唐诗的诗意或情节以简单故事漫画形式直白地表达出来，而是用最能体现心理状态又充满美感的手绘形式来展现，把唐诗变成了绘本，给每个人感受唐诗的机会，既完美地阐释了唐诗的意境，又符合现代人的审美特征，让唐诗不再高高在上，而能抒情达意，甚至成为一种时代潮流，引领时尚。把传统和时尚完美地结合起来，使得唐诗实现了一次跨越时空的审美穿越。

　　以往版本的唐诗是对传统的追溯，这套书更关注读者的自由思维、发散想象。这是我们备受压力的原因，更是本书的亮点。宁愿华丽转身，别开生面，赋予它新的意义和使命，也不再老调重弹。相信《悦绘唐诗》是绝佳的视觉盛宴，更是美妙的心灵之旅。

钟山松涛……33

依依袅袅复青青，勾引春风无限情。

——《杨柳枝》

杨柳依依

Yang Liu Yi Yi

杨柳枝词八首（其三）

白居易

依依袅袅复青青[1]，
勾引春风无限情[2]。
白雪花繁空扑地[3]，
绿丝条弱不胜莺。

※ 注解

[1]依依：相偎相依，依依不舍。袅袅：经风摇曳的样子。
[2]勾引：一作句引，招引、吸引的意思。
[3]白雪花繁：指柳絮。扑地：满地。唐时人口语。

※ 诗意

　　春天来了，青青的杨柳枝相偎相依，春风吹拂下摇曳起舞、婀娜多姿，显出无限风情。洁白的柳絮像雪一样随风飘落、沿着地面飞滚，嫩绿的柳条弱不禁风，轻得似乎站不住一只黄莺。

夜 雪

白居易

已讶衾枕冷[①]，复见窗户明。
夜深知雪重，时闻折竹声。

注解

①讶：惊讶，惊觉。衾：被子。

诗意

　　我从睡梦中醒来，先是觉得盖在身上的被子有些冰冷，又见窗户被映得亮亮的，这才知道下雪了，还知道雪已下的很厚，因为不时能听到院子里竹子被雪压折的声音。

严郑公宅同咏竹①

杜甫

绿竹半含箨②，　新梢才出墙。
色侵书帙晚③，　阴过酒樽凉。
雨洗娟娟净，　风吹细细香。
但令无剪伐，　会见拂云长。

☀ 注解

①严郑公：即严武，封号为郑国公。
②含箨（tuò）：包有笋壳。箨：笋壳。
③书帙（zhì）：书套。帙：装书的布套。

☀ 诗意

　　嫩绿的竹子有的还包着笋壳，新长的枝梢刚刚伸出墙外，它的影子投射在书上时会觉得光线暗了下来，扫过酒杯时感觉酒都变凉了。一阵雨后，它青翠的叶子更加干净、秀丽，微风吹过，还能闻到淡淡地清香。只要是不被人随意摧残，应该就能长得很高。

子规^①

顾况

杜宇冤亡积有时，年年啼血动人悲。
若教恨魄皆能化，何树何山著子规^②？

☀注解

①子规：杜鹃鸟的别名，经常夜鸣，声音凄切，所以常被用来抒发悲苦哀怨之情。

②着：附着，栖息。

☀诗意

　　古蜀国的国君杜宇冤死已经很久了，但他的魂魄所化的杜鹃鸟却长年啼叫，以致口中流血，令人闻而悲凄。历代的冤魂多得很，如果这些冤魂都能如同杜宇那样化鸟鸣冤，那么这些冤魂所化之鸟到哪里去找那么多的山和树来栖身呢？

莲花坞

王维

日日采莲去①，洲长多暮归②。
开篙莫溅水，畏湿红莲衣。

❋ 注解

① 日日：每天太阳升起的时候。

② 洲：水中的陆地。

❋ 诗意

　　每天太阳升起的时候，少女们就驾着小船去采莲了。一望无际的荷塘里，红莲、绿叶、还有采莲少女明媚的歌声，她们来回忙碌，傍晚时分载着肥硕的莲果愉快地归来。撑篙划船的时候她们动作很轻很轻，不敢溅起水花，恐怕会打湿红莲的花瓣。

11

漫兴九首（其七）

杜甫

糁泾杨花铺白毡[1]，
点溪荷花叠青钱。
笋根雉子无人见[2]，
沙上凫雏傍母眠[3]。

☀ **注解**

①糁（sǎn）：米饭粒儿。
②雉子：小野鸡。
③凫雏（fú chú）：小野鸭。

☀ **诗意**

　　米粒般的柳絮飘落在小路上，像是给小路铺上一张白毡。点缀在小溪上的荷花，像是一叠叠铜钱。竹笋丛中的小野鸡没有人看见，沙洲上的小野鸭靠在母鸭身边安然睡眠。

白 马

杜 甫

白马东北来，　空鞍贯双箭[①]。
可怜马上郎，　意气今谁见。
近时主将戮，　中夜商於战[②]。
丧乱死多门[③]，　呜呼泪如霰[④]。

☀ **注解**

①贯：贯穿，穿透。
②商於（yū）：地名，今陕西一带。另有版本作"伤于"。
③多门：多种门路、门道。指因多种多样、各种各样的丧乱而致死者。
④霰（xiàn）：小冰粒，形容连串的泪珠。

☀ **诗意**

　　一匹白马从东北方仓皇而来，空空的马鞍上插着两支箭，那意气风发的主人去哪儿了呢？最近主帅被杀，不少兵将捐躯战场，看着这混乱、残酷的景象，我不禁潸然泪下。

菊 花

元 稹

秋丛绕舍似陶家^①，
遍绕篱边日渐斜。
不是花中偏爱菊，
此花开尽更无花。

☀ **注解**

①陶家：指陶渊明之家，即其住处。

☀ **诗意**

　　秋日夕阳下，篱笆外环绕的菊花越发漂亮，并不是我偏爱菊花，只是它绽放之后冬天就到了，很难再欣赏鲜花绽放的美景。

风

李 峤

解落三秋叶，能开二月花。
过江千尺浪②，入竹万竿斜③。

☀ 注解

①解：懂得、知晓。三秋：晚秋，指农历九月。
②过：经过。
③斜：倾斜。

☀ 诗意

　　风，像人似的知道秋天就要落叶，春天就要开花。它经过江河时能掀起千尺巨浪，刮进竹林时可把万棵翠竹吹得歪歪斜斜。

蜂

罗隐

不论平地与山尖^①，
无限风光尽被占。
采得百花成蜜后，
为谁辛苦为谁甜^②？

☀ **注解**

①山尖：山峰。
②甜：指醇香的蜂蜜。

☀ **诗意**

    不管是平平的地面还是高高山峰，所有鲜花盛开的地方，都被蜜蜂们占领。它们采尽花蜜酿成蜂蜜后，到头来又是在为谁忙碌，为谁酿造那些醇香的蜂蜜呢？

蝉

虞世南

垂緌饮清露[①]，流响出疏桐。
居高声自远，非是借秋风。

☀ **注解**
①緌（ruí）：古代冠带结在下巴下面的下垂部分。

☀ **诗意**
　　蝉垂下像帽带似的触角吮吸着清澈甘甜的露水，连绵的声音从稀疏的梧桐树枝间传来，它声音传得远是因为站在高高的树枝上，而不是借助了秋风的力量。

衰荷

白居易

白露凋花花不残[1]，
凉风吹叶叶初干。
无人解爱萧条境[2]，
更绕衰丛一匝看[3]。

注解

①白露：二十四节气之一。
②解：明白、懂得。萧条境：即前两句诗所描叙的景象。
③更：再。匝：圈。

诗意

　　秋天，荷花渐渐枯萎、凋谢，微微凉风吹过，衰枯的荷叶发出轻微响声。无人明白萧条境的可爱之处，只绕一圈仅看一眼即了事。而不是多绕几圈多看几眼去品味领受其美。

临湖亭

王 维

轻舸迎上客①，
悠悠湖上来。
当轩对樽酒，
四面芙蓉开②。

❋注解

①轻舸（gě）：轻快地大船。

②芙蓉：荷花。

❋诗意

　　远处的湖面上，一条轻快地大船载着客人慢慢漂过来，在这通风、开阔的亭子里饮着美酒、闻着芙蓉花香、赏着美景，好不惬意。

马诗二十三首（其五）

李 贺

大漠沙如雪，　燕山月似钩①。
何当金络脑②，快走踏清秋。

☀ **注解**

①燕山：指蒙古境内的燕然山。
②金络脑：马络头，贵重鞍具，象征马受重用，此处亦暗指渴望人才得到重用。

☀ **诗意**

　　连绵的燕山山岭上，一弯明月当空，平沙万里，在月光下象铺上一层白皑皑的霜雪。什么时候才能披上鞍具，在秋高气爽的疆场上驰骋，建树功勋呢？

咏 蝉

骆宾王

西陆蝉声唱[1]， 南冠客思深[2]。
不堪玄鬓影[3]， 来对白头吟[4]。
露重飞难进， 风多响易沉。
无人信高洁， 谁为表予心？

☀ 注解

[1]西陆：指秋天。
[2]南冠：楚冠，这里是囚徒的意思。
[3]玄鬓：喻蝉。
[4]白头：为诗人自指。

☀ 诗意

　　秋蝉在枝头高声歌唱，我这个囚徒的思绪不禁飘向远方，没想到盛年的大好时光却要在狱里度过。秋蝉啊，外面更深露重、风声密集，你飞起来肯定会困难、叫起来也会很费劲。这世上几乎没人相信我的清白、无辜，谁能了解我的心呢？

日落山水静，为君起松声。

——《咏风》

钟山松涛

Zhong Shan Song Tao

鹦鹉

罗隐

莫恨雕笼翠羽残，
江南地暖陇西寒。
劝君不用分明语，
语得分明出转难。

❋注解

①陇西：指陇山（六盘山南段别称，延伸于陕西、甘肃边境）以西，旧传为鹦鹉产地。

❋诗意

雕花笼子里的鹦鹉啊，你不用感慨自己被囚禁的命运，毕竟这里比你的老家要暖和多了。我劝你还是不要说话过于明晰吧，如果伶俐学舌，有趣好玩，想要被人放出笼子，反而会更难得。

桃 花

元 稹

桃花浅深处，
似匀深浅妆。
春风助肠断①，
吹落白衣裳②。

☀**注解**
①春风助肠断：有触景生情的意思，看到桃花，不禁勾起心事。
②白衣裳：借指断肠的看花人。

☀**诗意**
　　那抹桃花就像浓妆淡抹的美人一样，娇艳、明媚，在春风中曼妙着身姿、倾诉着心事，树下那位白衣飘飘的人啊，你是否也有满腹话语要对桃花讲？

早 梅

张谓

一树寒梅白玉条，
迥临村路傍溪桥①。
不知近水花先发②，
疑是经冬雪未销③。

❋注解

①迥（jiǒng）：远。傍：靠。
②发：开放。
③经冬：过冬。销：指冰雪融化。

❋诗意

　　一树梅花凌寒早开，枝条上缀满了花朵，远远望去，好似是白玉装饰而成的一般。它无意于喧嚣热闹的繁华之地，独自开放在临近溪水的桥边。人们不知道临近溪水边生长的梅树会先开花，还以为是经冬未消融的积雪呢。

菊 花

黄 巢

待到秋来九月八[1]，
我花开后百花杀[2]。
冲天香阵透长安[3]，
满城尽带黄金甲。

☀注解

[1]九月八：重阳节的前一天。
[2]百花杀：众花凋谢。
[3]冲天：菊花香气浓郁、直冲云天。香阵：香气特别浓烈。

☀诗意

　　重阳佳节，菊花盛开，整个长安成了菊花的世界，浓郁的花香弥漫城中的角角落落，到处都是金灿灿的黄色花朵。

题竹林寺

朱 放

岁月人间促，
烟霞此地多。
殷勤竹林寺^①，
更得几回过^②？

注解
①殷勤：热情而周到。
②更：这里作"再"用。

诗意
　　岁月在人间匆匆地走过，如烟似霞般的景点很多。我留恋于竹林寺，而竹林寺也知解人意，款款迎我。这样的地方，我人生能再来几回呢？

☀ **注解**

①紫袖、红弦：分别是弹筝人与筝的代称。

②自弹：信手弹来，得心应手。自感：弹奏者完全沉浸在乐曲之中。

☀ **诗意**

　　清冷的月光中，一位美丽的女子专注、动情地弹奏着古筝，弹着弹着她好像想起了什么，凝神瞬间不禁停了下来，周围骤然安静，仿佛连空气也在一起感受着女子的哀伤。

44

夜　筝

白居易

紫袖红弦明月中①，
自弹自感闇低容②。
弦凝指咽声停处，
别有深情一万重。

45

庭 竹

刘禹锡

露涤铅粉节[①]，
风摇青玉枝[②]。
依依似君子，
无地不相宜。

☀注解

①铅粉：女子化妆用品。
②青玉枝：像青玉一样的枝干。

☀诗意

　　晨露把院子里的竹子清洗了一下，让它现出了原本清新、素雅的样子，微风吹来，那青玉一样青翠、光滑的枝干轻轻摇摆，就像一位谦谦君子似的，在任何地方它都能活得很好。

惜牡丹花二首（其一）

白居易

惆帐阶前红牡丹，
晚来惟有两枝残^①。
明朝风起应吹尽，
夜惜衰红把火看^②。

☀注解
①晚、夜：点名作者是在傍晚赏花。
②把火：灯火。

☀诗意
　　我担心的是台阶前的红牡丹，晚上只剩下两枝残花
了。明天早晨起风后，就会全部被吹落。于是，夜里手
持灯火，把这衰败的红牡丹再来观看。

咏 风

王 勃

肃肃凉风生，　加我林壑清。
驱烟寻涧户，　卷雾出山楹①。
去来固无迹②，　动息如有情。
日落山水静，　为君起松声。

☀注解

①出：露出。山楹：代指山中住户的房屋。
②固：原来，本来就。

☀诗意

　　习习凉风飘然乍起，吹遍深沟浅壑。它把炊烟倒吹入山涧人家里，卷走了山里的雾霭。风刮来刮去原本没有什么痕迹，可风刮起停下却像似有情有义。白天，它为劳作的人们送来清凉，宁静的傍晚，又为歇息的人们吹奏起悦耳的松涛声。

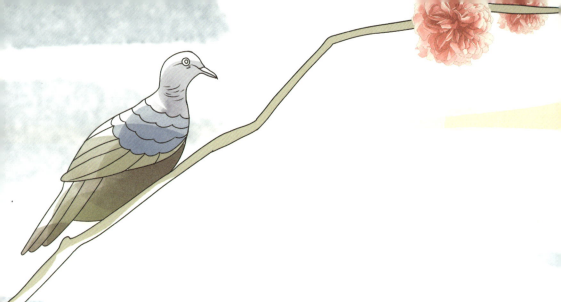

春闺思

张仲素

袅袅城边柳①，青青陌上桑。
提笼忘采叶， 昨夜梦渔阳②。

☀ 注解
①袅袅：形容细长柔弱的东西随风摆动。这里指垂柳。
②渔阳：在天津蓟县，唐朝时在那儿设防。

☀ 诗意
　　城边的垂柳随风摆动，田间的路旁桑叶青青。我提着竹篮忘了采桑叶，昨晚梦里自己到了渔阳。

归燕诗

张九龄

海燕虽微眇，乘春亦暂来。
岂知泥滓贱，只见玉堂开①。
绣户时双入，华堂日几回。
无心与物竞，鹰隼莫相猜②。

☀ **注解**

①玉堂、绣户、华堂：隐喻朝廷宫殿及权贵豪宅。
②鹰隼：代指得势的权势人物。

☀ **诗意**

　　燕子没什么显赫背景和出身，也只是在春天时才到北方暂住，它怎么会知道贫寒贵贱呢？每天辛勤地劳作、不停地衔泥筑巢。我就像这只燕子，已经无心与你争权夺利，你也不必再猜忌、中伤我了。

孤 雁

杜 甫

孤雁不饮啄，　飞鸣声念群。
谁怜一片影①，　相失万重云②？
望尽似犹见，　哀多如更闻。
野鸦无意绪，　鸣噪自纷纷。

注解

①一片影：借指掉队的孤雁。
②万重云：表示孤雁与雁群距离很远。

诗意

　　一只孤雁不吃不喝、一刻不歇地奋力向前飞，它不停地呼唤、思念着离散的同伴。可是，在这高远浩渺的天空中，它的伙伴究竟在哪儿呢？在不停的追寻中，它仿佛能看见伙伴的身影、听见它们的声音。它这样的离愁和思念，那些整天鸣噪不停的野鸦们怎么会理解呢？

早 雁

杜 牧

金河秋半虏弦开^①，云外惊飞四散哀。
仙掌月明孤影过^②，长门灯暗数声来^③。
须知胡骑纷纷在，岂逐春风一一回。
莫厌潇湘少人处^④，水多菰米岸莓苔^⑤。

☀注解

①金河：在今内蒙呼和浩特市南；秋半：八月；虏弦开：指回
鹘南侵。
②仙掌：指汉时长安建章宫内铜铸的仙人手掌所托承露盘。
③长门：指汉武帝的陈皇后失宠时所居的长门宫。
④潇湘：潇江和湘江，代指今湖南中部。
⑤菰米：是一种生长在浅水中的多年生草本植物的果实（嫩茎
叫茭白）。莓苔：是一种蔷薇科植物，子红色。这两种东西都
是雁的食物。

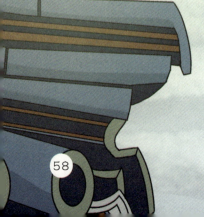

✿ 诗意

　　金秋八月，北方回鹘率兵南侵，凌乱、密集的箭羽惊得大雁纷飞，到处一片哀鸣。清凉的月色映照着宫中孤耸的仙掌，偶尔有孤雁的身影飘过，失宠者幽居的长门宫，灯光黯淡，悲凉长安城上空久久回荡着它们的声音。早早南飞的大雁啊，敌人还在，明年春天不要急于回来，也不要厌弃潇湘一带人烟稀少，那里生长的菰米莓苔都可以吃，就不妨暂时安居下来吧！

咏 柳

贺知章

碧玉妆成一树高①，
万条垂下绿丝绦②。
不知细叶谁裁出，
二月春风似剪刀。

❀注解

①碧玉：碧绿色的玉。这里用以比喻春天的嫩绿柳叶。妆成：装
饰，打扮。
②丝绦（tāo）：形容一丝丝像丝带般的柳条。

❀诗意

　　春天来了，嫩绿的柳叶就像碧绿色的玉一样装点、打扮着柳
树，一根根柳条就像低垂的绿色丝带，不知道这样美丽的柳叶是谁
裁剪出来的，原来是二月的春风，它就是那把灵巧的剪刀。

赏牡丹

刘禹锡

庭前芍药妖无格[1]，池上芙蕖净少情[2]。
唯有牡丹真国色[3]，花开时节动京城。

☀ **注解**

[1]妖：艳丽、妩媚；格：骨格，芍药为草本，所以作
者称其"无格"。在这里，无格指格调不高。
[2]芙蕖：即莲花。
[3]国色：原意为一国中姿容最美的女子，此指牡丹花 色卓绝，艳丽高贵。

☀ **诗意**

　　庭前的芍药妖娆艳丽却没什么格调，池中的荷花清雅高洁却缺少情韵。只
有牡丹才是真正的天姿国色，到了开花的季节引得无数的人来欣赏，惊动了整
个京城。

依依似君子， 无地不相宜。

——《庭竹》